LUMIÈRES DANS LA NUIT

POUR ANATOLE

Catalogage avant publication de Bibliothèque
et Archives Canada

Blechman, Nicholas, auteur, illustrateur
[Night light. Français]
Lumières dans la nuit / auteur et illustrateur, Nicholas
Blechman ; traductrice, Isabelle Montagnier.

Traduction de: Night light.
ISBN 978-1-4431-2996-1 (br.)

I. Montagnier, Isabelle, traducteur II. Titre.
III. Titre: Night light. Français

PZ24.3.B54Lum 2013   j813'.6   C2013-902448-4

Édition publiée par les Éditions Scholastic,
604, rue King Ouest, Toronto (Ontario) M5V 1E1.

5 4 3 2 1   Imprimé en Malaisie   108   13 14 15 16 17

Remerciements spéciaux à Christoph Niemann, Joon Mo Kang,
David Saylor et Luise Stauss.
Le texte a été composé en caractères Dot Matrix Two Regular.
Les illustrations ont été réalisées avec Adobe Illustrator.
Conception graphique de Nicholas Blechman et David Saylor.

LUMIÈRES DANS LA NUIT

Nicholas Blechman

TEXTE FRANÇAIS D'ISABELLE MONTAGNIER

1. LUMIÈRE

SUR LE CHEMIN DE FER

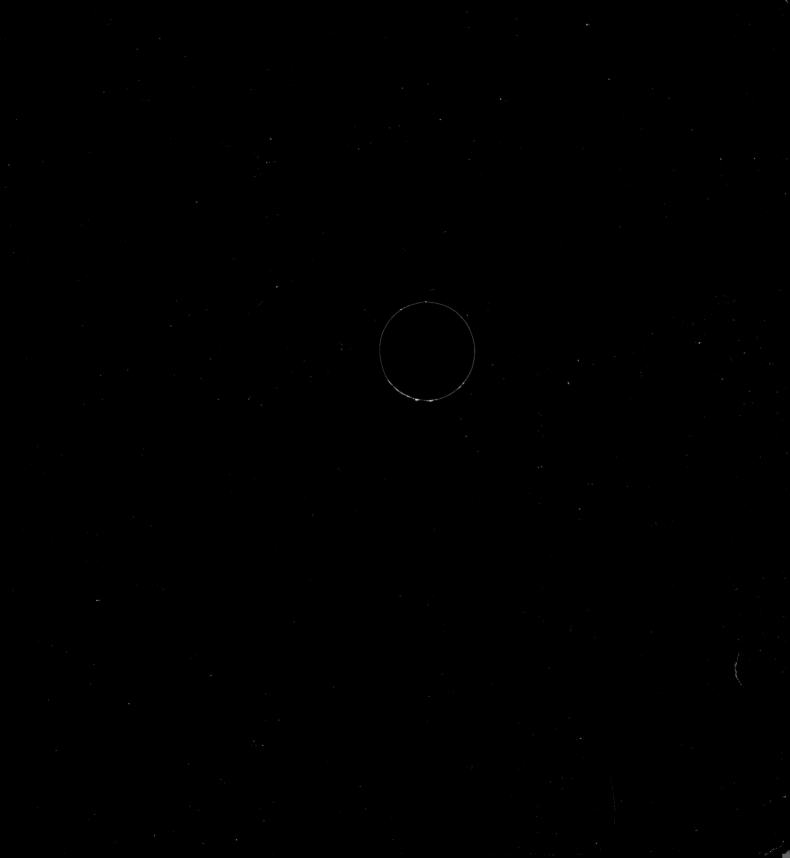

TRAIN

2 LUMIÈRES
CLIGNOTANT DANS L'AIR

HÉLICOPTÈRE

3 LUMIÈRES SUR LES BOULEVARDS DÉSERTS

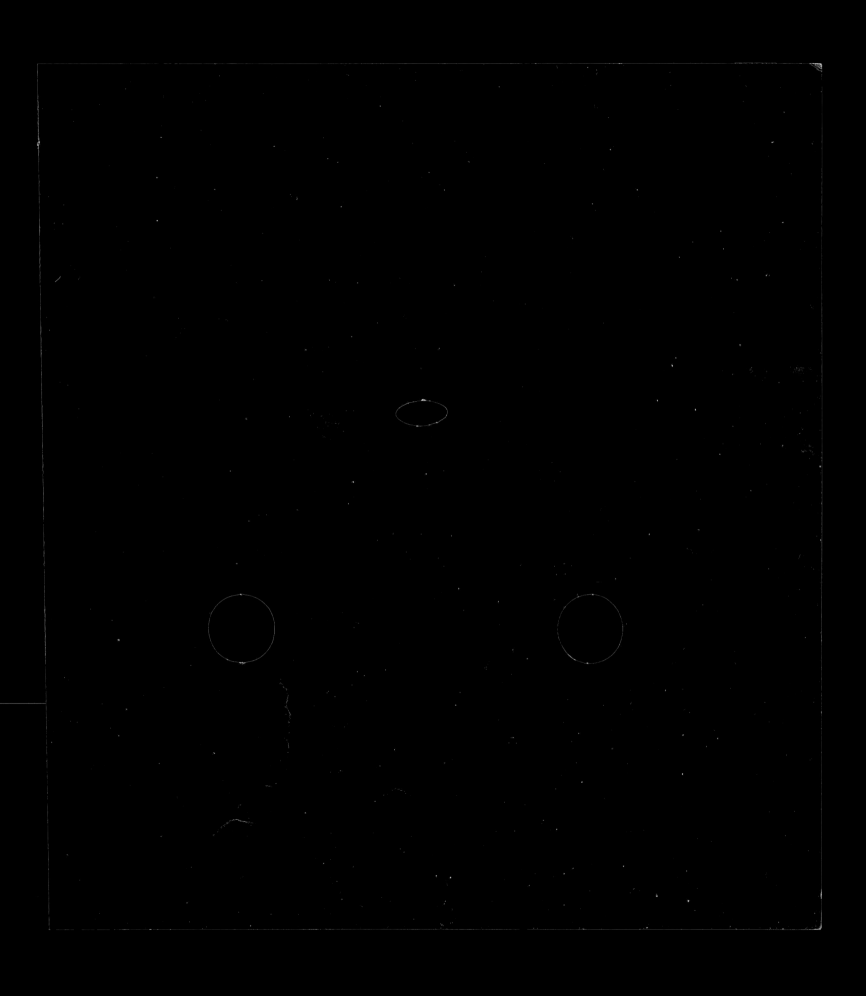

LUMIÈRES VOGUANT SUR LA MER

REMORQUEUR

5 LUMIÈRES À TRAVERS LA POUSSIÈRE

6 LUMIÈRES POUR DE BELLES SORTIES SCOLAIRES

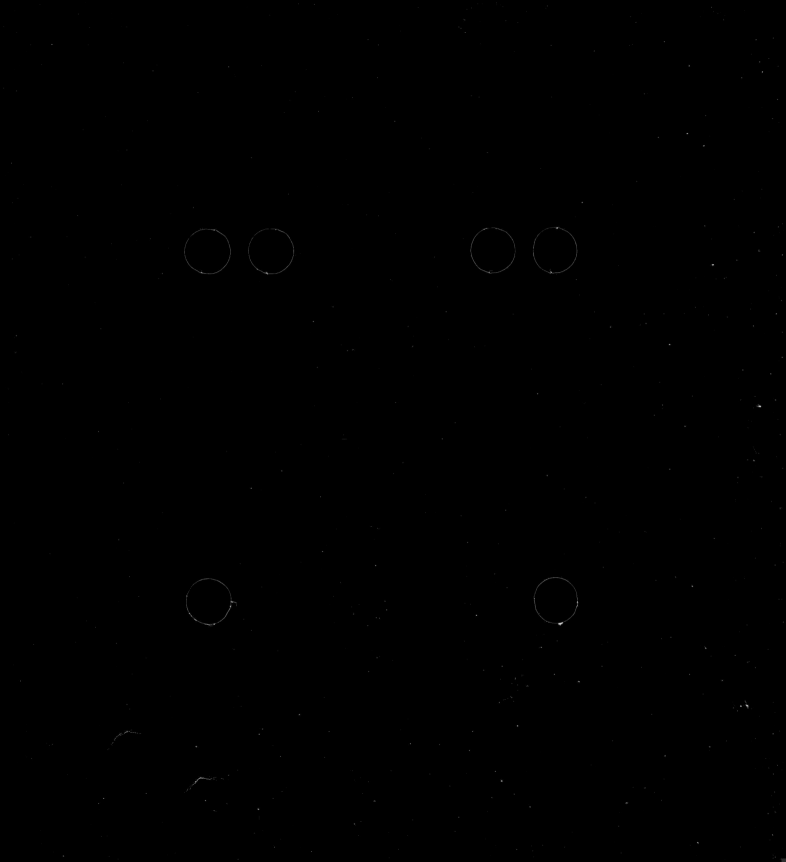

AUTOBUS

7 LUMIÈRES
FILANT COMME L'ÉCLAIR

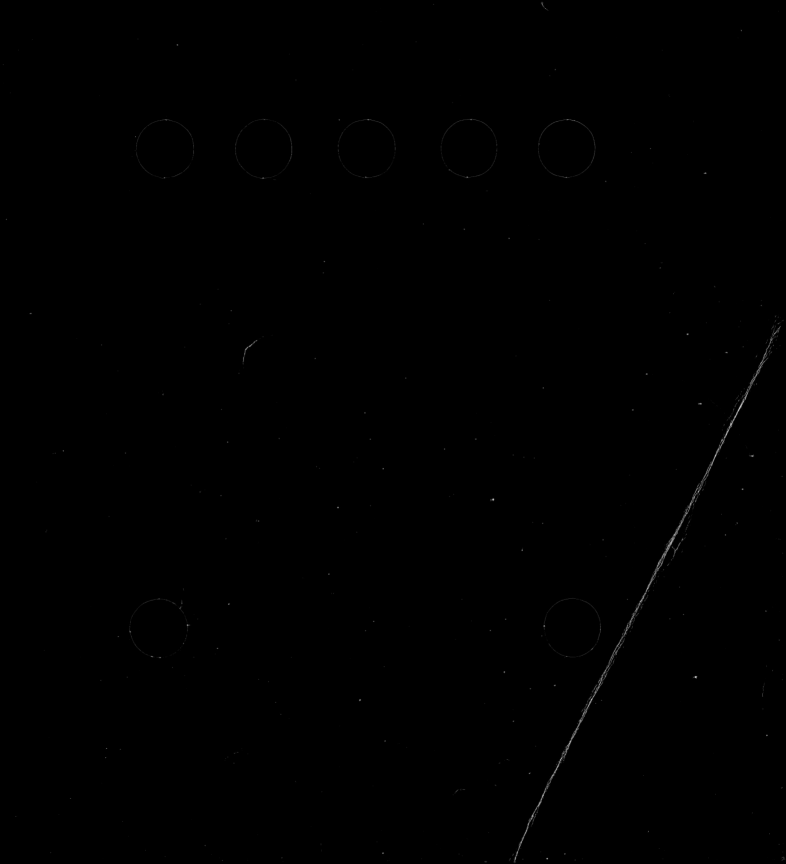

CAMION DE POMPIERS

8 LUMIÈRES POUR MIEUX CREUSER LA TERRE

CHARGEUSE

9 LUMIÈRES
AU CŒUR DE L'HIVER

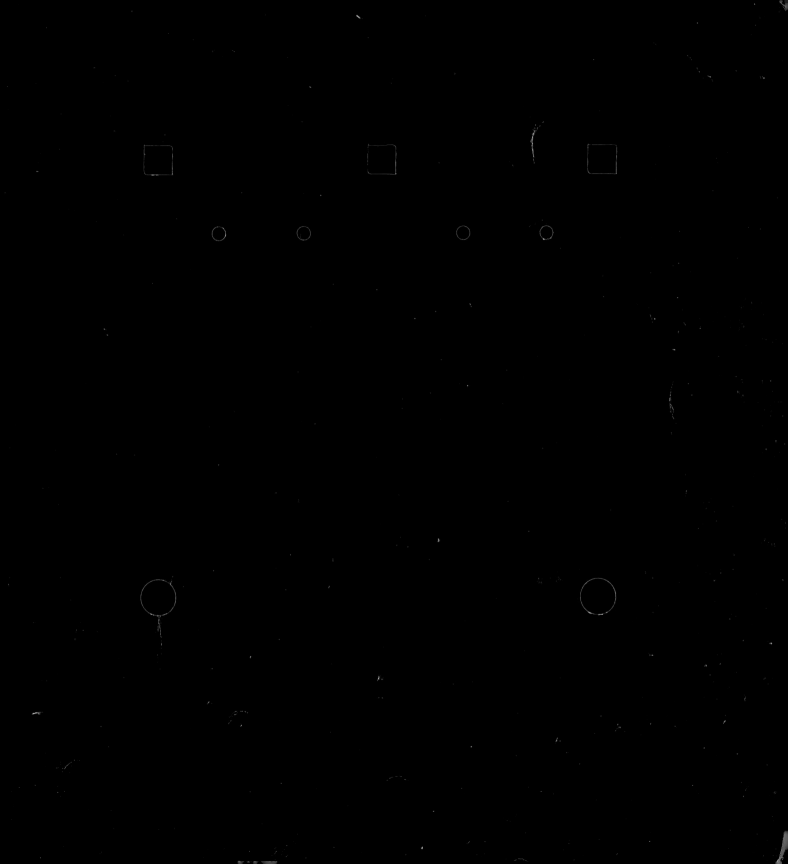

CHASSE-NEIGE

10 LUMIÈRES POUR FAIRE LE TOUR DE LA TERRE

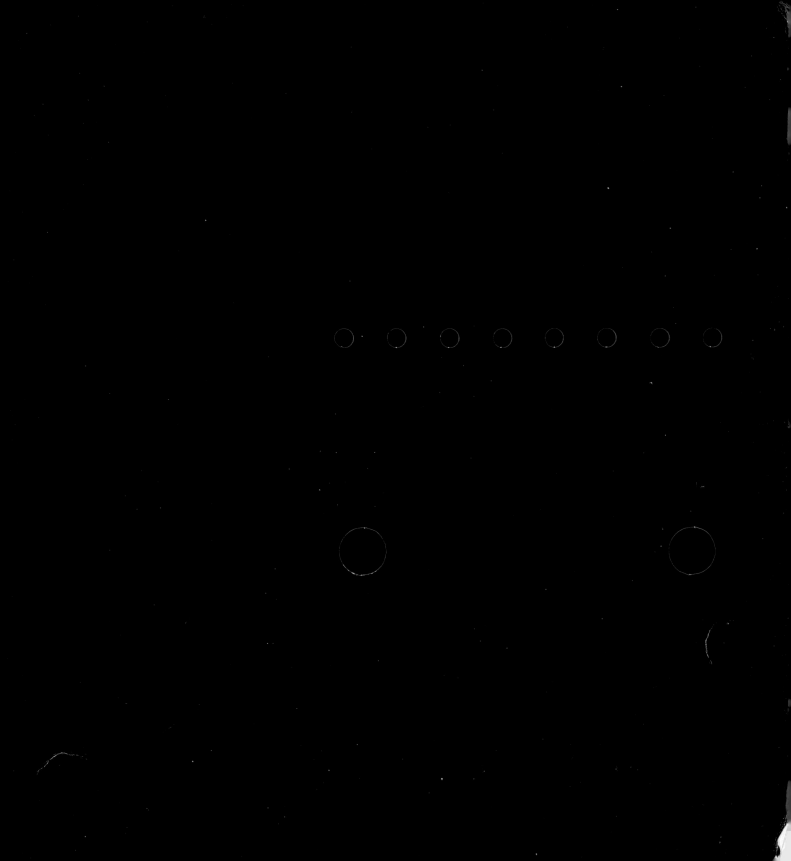

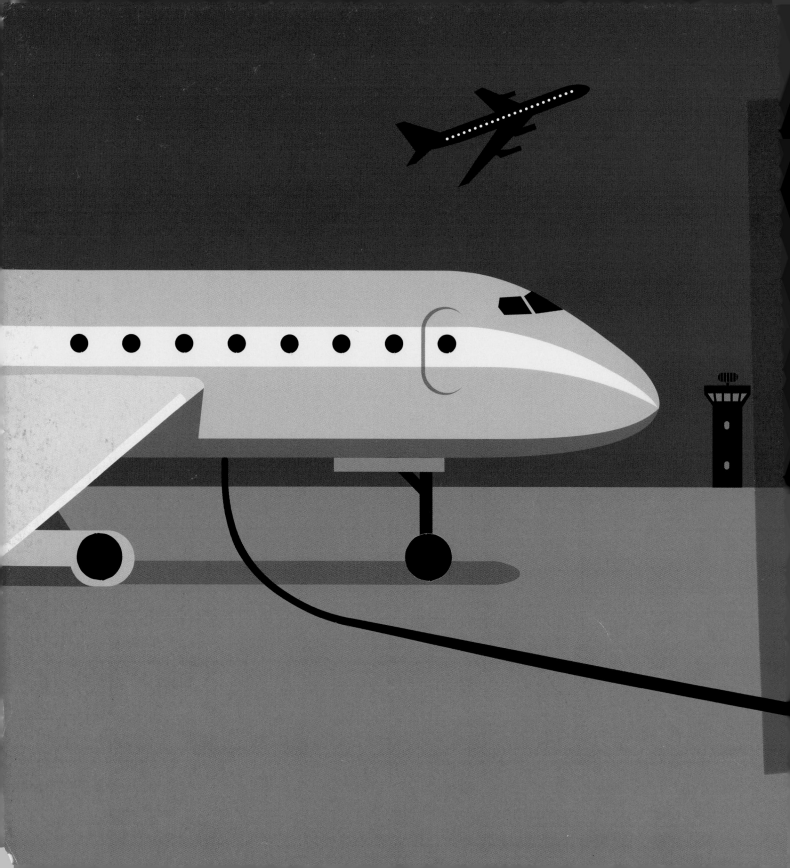

CAMION-CITERNE

1 LUMIÈRE BRILLE LA NUIT ENTIÈRE